Para que no me lleve el diablo

PEDRO LAGUNAS

PARA QUE NO ME LLEVE EL DIABLO

Colección de relatos y poemas

Pedro Lagunas

Primera edición – otoño de 2020

Teléfono N° +56 9 8533 7246, Arica-Chile

pedro.lagunas@gmail.com

Prólogo de Patricia Mardones

Diseño de portada: Gema Loayza Escarsega

+56 9 9832 9488, gemaloayzaescar@gmail.com

Registro Propiedad Intelectual N° A-310089.

ISBN: 978-956-401-392-3

Para mis hijas, Monserrat, Gabriela e Isidora, luces en el camino.
Para las almas idas de cuerpo y nunca ausentes.
Para la vida.

CONTENIDO

PRÓLOGO 6

POEMAS
   Cristal Deflectado 9
   Hasta Pronto Atardecer 10
   Noche de Luz 11
   Potreros de Infancia Contenida 13
   Prende y Sopla 15
   Secreto del Cielo 16
   Un Día los Poetas 18
   De Baúles, Libros, y Adolescencias Enzarzadas ... 20
   A José Martínez Fernández 22
   Bruma de Mar 24
   Meteorología Click On 25
   Abriles de Norte Adentro 27
   ¿Inútil? 28

RELATOS
   Bus Cuatro 31
   Tarde y Noche de Escalada 36
   Amaneciendo en Chantápolis 37
   ¡A los Riiiiiicos Helados! 39
   El Repulgo 43
   Siesta en Colación 47
   Desde la Entrada 49
   Macabros Pensamientos 52

AGRADECIMIENTOS

A Patricia Mardones, la gran maestra, siempre presente con su ejemplo de vivir, crear y luchar sin descanso.

A Luis Araya Novoa, el invisible, en su humilde grandeza de creador y de maestro.

A Rapsodas Fundacionales, que me acogió y con paciencia fue sacando letras y versos.

A mi madre, a quien robé un poemario a los once años y por castigo llevo esta fiebre que me obliga a escribir.

PRÓLOGO

"PARA USTEDES QUE SE ATREVEN A LEER"

Cuando leemos los poemas y relatos de Pedro Lagunas, nos sorprendemos y quedamos con ideas y sensaciones discordantes. Y es que el autor, nos ofrece una nueva realidad basada en sus profundas observaciones, sus estados mentales de concentración casi de yodan budista y que lo unen a natura en lenguaje de origen experiencial único y al tiempo, muy dominado.

Porque nos enfrentamos a paisajes y mundos altamente creativos y codificados por un cerebro de desarrollo divergente, en donde se enfatiza la experiencia concreta y la observación reflexiva, como formas de aprender, ser y comunicar.

Desde el inicio, el autor nos alerta: "Vaya para ustedes que se atreven a leer, mis profundas sensaciones y mi prosa, mis dogmas y herejías, con algún aroma de arte, una permanente honestidad y alguna broma escondida para los lectores avezados." Y lo cumple abriéndonos la puerta de una doble dimensión:

"Alguien que se niega a mostrar
sus escabullidos intentos,
está llamado a mis silencios
desde otra realidad."

"Agudizo el oído para sondear a las espaldas,
sospechando de cualquiera que venga
en contrasentido."

El pensamiento creativo de Pedro Lagunas nos obliga a usar nuestros hemisferios cerebrales integrados y así, nos hace trabajar y desarrollar cenestésicas y lógicamente áreas que no siempre unimos en nuestro quehacer intelectual. Por eso, sus creaciones literarias son un desafío; una obligación a desarrollarnos más, una invitación al divertimento lógico superior.

Recomiendo leer y disfrutar "Para que no me lleve el Diablo" de Pedro Lagunas a personas de todas las edades mentales y cronológicas que tengan lo principal de una actitud altamente inteligente: querer aprender más, ser mejores y "estar siempre ocupados", como le repetía su abuela-madre Irene del Rosario Pérez Tapia al autor en su infancia.

PARA QUE NO ME LLEVE EL DIABLO

Patricia Mardones

CRISTAL DEFLECTADO

Una tarde de sol gentil,
interrumpida por esporádicos movimientos,
en el atávico yugo por el pan,
la brisa entumecida se vuelve espesa.
Trapicando en la mirada,
se deviene un segundo andar.
Empastando de minutos
al reloj y su frenesí.
Un "toc toc" de la madera
se superpone a lo ambiental,
dando cuerpo de papel
a las figuras conocidas.
Despierta las miradas
que adivinan un sutil doblez
de papel sobre cristal
y por pasión del viento se despega,
dejando traslucir una grieta en los movimientos
que traspasa lo real.

Otra convulsión de los párpados
contradice la soledad.
Alguien que se niega a mostrar
sus escabullidos intentos,
está llamado a mis silencios
desde otra realidad.

HASTA PRONTO, ATARDECER

Parpadeos de gris oscuro le guiñan al cielo;
alas de breves latidos marcan el ritmo del atardecer.
Se zambullen y flotan en la despedida del sol.
Las hojas imitan aplaudir ante la obra del maestro
que por un breve día iluminó nuestros afanes
y ahora satisfecho y cansado se apresta al sopor.
El viento, embajador plenipotenciario del que va a dormir,
alienta los pañuelos de vítores y despedidas,
construyendo catedrales en arcos de arboleda
y en los murmullos imperceptibles del verde tañir
dejan ver sus manos doblando campanas dormidas,
apurando las horas luminosas que aún nos quedan.
Viento y brisa se sueltan de las manos,
con suave reverencia agradecen los aplausos
por el viejo vals que renueva sus votos de pasión.
Una procesión de empeños se llevó a cabo.
Es hora de lavar los rostros sudorosos
y buscar cobijo en el pequeño cuenco de un almohadón.
Es tiempo de buscar noctámbulos
para escribir nuevos versos.
La luna y los grillos cantarán su canción.

NOCHE DE LUZ

Invadiendo sueños, los pasos de Judith se vuelven flotantes,
enciman a mi cuerpo en oscuro silencio,
destrozando anhelos perdidos de incredulidad.
La delicada ninfa se volvió carnal.

Con una sábana por segunda piel,
en movimiento de suave apuro,
las manos de Judith destraban el cabello,
descolgando la noche por sobre su silencio.

A mi infantil pregunta sobre la obviedad
responde su piel de "acidulzor",
callando en humedad mis palabras de viento,
regalándome labios para devorar.

El paso de mi deseo por su suavidad
desdobla la dureza maxilar,
haciendo florecer la boca en pleno candor.

En el vibrante abandono de las vestiduras
las sábanas se vuelven agua,
las extremidades, lazos para subyugar
con la febril untuosidad de la locura.

Encorvadas hasta el infinito por la pasión,
se vuelven soles lo que fueran pestañas,
constelados en exquisitas pecas.
Los astros gemelos derriten mi voz.

La diosa abre los ojos para encandilarme de sombras
con una hoguera de pardos leños,
vuelve cenizas los ánimos de razón,
encendiendo calderas de sangre y musculatura.

La deliciosa tersura de su delgadez
se cubre de mis labios en febril compás,
derritiendo estrellas que vuelven a nacer
en el continuum implacable de su inmortalidad.

Ya no hay temores para endilgar.
Sobre mis bríos de corcel furioso
cabalga Godiva hasta morir la noche,
sin montura alguna y sin piedad.

POTREROS DE INFANCIA CONTENIDA

Telón de suave lapislázuli,
abrigos de sol inclemente,
sombra de sauces penitentes;
hoy se vuelven pilares de mi recuerdo infantil.

Agua corriente en murmullos de piedra,
arrullos que cobijan la piel en remansos,
primera voz en noches de silencio,
yegua de los temores cabalgando en su bajada.

Sauces, alfilerillos, maternales zarzamoras,
que alimentan en secreto las bandadas de infantes,
rapaces transpirados de juegos interminables,
pequeños dioses inventando mundos y aventuras.

Paisajes que enamoran en senderos,
caminatas interminables en tardes sin colegio,
miniflores bordeando los pasos de su propio sortilegio,
hechizando aromas que se vuelven imperecederos.

Parras erguidas en estatuas surrealistas,
uvas jibarizadas de dulzor,
gotas de amanecer encapsuladas,
frutos en simpleza de lo natural.

Sombra de álamos olvidados
en una borrachera de fierros y concreto,
senderos en clandestino sepulcro de alquitrán,
nogales por manos ciegas desterrados.

Troncos de blanca piel, sin nudos ni dobleces,
cómplices en gritos de amores escondidos,
pizarrones para corazones de niños
guardadores del secreto pacto de iniciales.

Limoneros espadachines de certeros rasguñones,
defendían a capa y espina su jugosa acidez.
Infantes trepando ciruelos con manos y pies,
alcanzaban el cielo con penitencia de moretones.

Déjenme robar sus frutos otra vez,
construir casas de brea, amarradas en cuerdas de sauce,
pintadas en horas anochecidas,
escapando de los deberes escolares.

Pircas interminables, protectoras del agua,
cubiertas en manto de zarzamoras invencibles;
frontera y fortaleza de mis dominios infantiles.
No perderán la vida, mientras los lleve en mi memoria.

PRENDE Y SOPLA

Camino el previo amanecer con agresividad fingida
para desafiar a los desconocidos.
Agudizo el oído para sondear a las espaldas,
sospechando de cualquiera que venga en contrasentido.

Drogadictas que simulan ser modelos
contornean su escasa humanidad,
para no dormir a saltos en la noche inversa,
ofreciendo lo que queda del cuerpo por una dosis más.

Una "dealer"[1] de sesenta y tantos
deambula en errático andar,
preguntando nada, desconociendo el mundo;
olvidada de su propio esfuerzo por respirar.

La filosa separación entre la noche y el día,
saca muertos a caminar
y asesina a los pocos vivos
que se atrevieron a despertar.

---

[1] DEALER ("diler"): Es un comerciante, un negociante o una persona que da u ofrece algo. Viene del verbo TO DEAL que significa hacer una transacción, canje o negocio. Por eso se utiliza para los comerciantes de drogas.

SECRETO DEL CIELO

En un rincón distraído,
pese a su gran estatura,
entre chañares y olivos
se disimula el Pacay.

Tal vez conversa
en tono centroamericano
con los sufridos olivos
que ya no recuerdan su acento sevillano.

En su larga historia pariendo aceitunas
los añosos olivos de Azapa
aún mantienen la creencia
de que cambiarán su vida en un golpe de fortuna.

Así es como guardan en la savia
de criollos venidos a menos
sus anhelos de prosapia,
los olivares azapeños.

Por su parte los chañares,
hijos del rigor y la persistencia,
porfían en sus afanes
por cubrir la tierra entera.

Entre criollos de sudoración virginal
y el hacedor del arrope originario,
sobresale sin proponérselo
un sudamericano occidental.

Que con ademanes reposados
habla de jolgorio y carnaval,
destacando entre dulzores concentrados
y los sufridos aceiteros de allende el mar.

Aunque se preguntan por lo bajo,
¿Cómo vive en soledad?
las higueras del cercado
en su olorosa fecundidad.

El pacay no discurre el tiempo
ni se esmera en conquistar el mundo.
Sólo deja caer en sus vainas caramelo
como agasajo de buena vecindad.

UN DÍA LOS POETAS

Un día los poetas
me llamaron por mi nombre y me dijeron: "¿Asceta,
por qué vas con ese ruido de tarros con piedras,
si es una contradicción
el renunciar mundano con la algarabía?"
¿Por qué simulas ser de nuestra estirpe,
enarbolando banderas de tejido simple
y vistiendo versos que no se combinan?
Si te crees tan hábil en tu tarareo,
¿Por qué vistes de austero
tu cantar extraño de palabrería,
si más que para el uso dominguero
suena a que asaltaste una botillería?

Reconozco, mi ilustre caballero,
que he sido haragán tejiendo versos
y si puse en la mesa para las visitas
un encaje bordado a retazos,
en vez de una seda de matriz florida,
no fue por insolente ni altanero,
sino porque era mi alma la que había descosido
para sentar los platos de mis alegrías
en algo más suave que sólo el madero.

Quise sentir al menos el deber cumplido,
atendiendo visitas que nunca venían,
porque no les dieron el número correcto
o tal vez pasaron buscando a un vecino.

Perdónenme, señores, no es con mala intención
que a veces me escondo bajo sus polleras.

Es sólo que habiendo probado el sabor
de algún poema de buena factura
quedé añorando más,
mucha más dulzura.

Si antes escribí de tristeza y desolación,
fue en tiempos de adolescencia tardía.
y si hoy me atrevo a retomar el verso
es por algo tan simple como estar contento.

DE BAÚLES, LIBROS Y
ADOLESCENCIAS ENZARZADAS

¿Qué por qué no escribo de amores almibarados?
¡No lo sé!
¡Déjame buscar en los cachureos del olvido!
¡Si lo encuentro te lo explico!

Mira, hallé una foto en ademán de marca-páginas
dentro de un libro de brujería,
entre la Celestina,
la Cándida Eréndira y su abuela desalmada.
Ahí aparezco yo, adolescente,
en las zarzas del amoramiento,
tratando de ponerme en pie.
Apenas alcancé a trastabillar
para espinarme una vez más.

Cadáveres de insectos
aplastados bajo un cristal.
Ánimas volteadas en exoesqueletos.
Pavores que se abstienen de llorar.
Besos de ida,
boletos sin retorno.
Bumerang perdido en la espesura
más allá de la razón.

La incontinencia de llorar
escurrió de los bolsillos
y entumeció la diestra
en el puño de la espada,
con las ganas de matar.

Por eso inventamos guerras
cuando sentimos a ciegas.

¡Vengadme! gritaba la ilusión,
en su destrozado flamear de llanto.

El ardor de las gargantas
cubría la voz de niño con el grito de batalla.
Raspaba con fiebre de asesinos
las propias entrañas.
Susurros de sangre en el viento,
bramidos degollados de pasión,
alcoholes de suicidio desdeñado.
-¿Veneno?
-¡Sí! ¡Con hielo, por favor!

Sólo quedaron restos en el fondo de un baúl.
Trozos de misivas amarillas e inconexas
sin el nombre de la amada.

Con recuerdos imposibles, no se sabe a quién odiar.

A JOSÉ MARTÍNEZ FERNÁNDEZ

Un día me regalaste tu "Palabra Escrita"
con dedicatoria de generoso afecto
y la guardé en mi mochila de urraca,
entre el portátil y mi espalda rígida de apuros.

Caminó conmigo sin que la leyera
por el campo donde busco sustento,
en la mesa del tecito en familia
y en las reuniones de conspicuos caballeros,
soportando estoica el descuido de mi entendedera.

Hasta que una mañana de torpezas abigarradas
la encontré tan cierta, breve y contundente.
Al abrir su involuntario gris de imprenta
descubrí la fuerza de tus pasos porfiados
y entendí, que nos parecemos.
Por supuesto que no, válganme las distancias,
en tu prolífica huella de reconocimientos
o en los mil lugares donde tu pisada tipográfica
dejó la impronta dura de tu sosiego.

Más bien nos parecemos en la vida angosta
que nos tocó en suerte o en estrella,
en esa fiebre de los cojones que mentaba
el patriarca de García Márquez,
sin puntos y sin tregua.
En la tristeza con que añoramos Arica
cuando nos alejamos de ella.
Aunque no nací tan al Norte, se ha vuelto mi patria pequeña.
Esa que me recibió con la puerta entreabierta
y un ojo que miraba con pereza,
cuando llegué soñando ser profesor
que era lo más parecido a alcanzar las estrellas.
Pero en las hojas de "Palabra Escrita"
se esconde tu voz fantasmagórica
de hombre que pena en vida,

gritando en cabalgata a contrarrima
tus amores y denuncias.

Para mí, particularmente,
tu arte cobra vida y me habla,
en el nombre de los inmortales
que formaron tu "época de poesía"
Esos próceres de la literatura
que le han ganado el título de Ilustre
a los versos de esta Arica.
Y me interroga desafiante,
con la paciencia fraterna
de un maestro que enseña.
Lo que una vez comentaste
sobre uno de mis poemas,
en el juicio formador de los rapsodas:
"pero, algo le falta…" fue tu sentencia.

Falta. Claro que falta.
Falta pulir con dedicación y paciencia
lo que hace muchos años descubrió
Patricia Mardones, la maestra,
que soy un "alucinado de la vida"
Confío en que la constancia y tu cercanía
me regalen más ejemplos a seguir,
de esos que guarda tu feroz memoria en la "Palabra Escrita".

BRUMA DE MAR

La bruma de mar se mete por los rincones de la casa,
pone olores ajenos al despertar humano
y destapa desde el fondo de las vísceras
inesperados bufidos matutinos.
Empequeñeciendo las luces de la noche,
avanza la espuma,
que de andar empedregado se ha vuelto gas
y empavona mis ojos de cristal.
Los faroles de las calles,
transgenerados de aliento de mar,
visten de fina gasa,
simulando novias que caminan al altar.
El viento, caballero chapado a la antigua,
tocando el ala de su sombrero,
se detiene confundido
por si fueran los faroles que caminan hacia el mar,
cual vírgenes de leyenda avanzando al sacrificio.
El azul salado que golpea roqueríos,
camina en ronda intempestiva,
acariciando con dedos de cielo a sus hijos terrestres
condenados a caminar
desde que abandonamos la cuna de los vaivenes.
Fantasma que distancia los muros,
ennubeciendo los besos del amanecer,
¿Hasta dónde llevarás el olor de caracoles,
y pescadores de infortunio?
¿Acaso vendrán tras de ti
la caballería acuosa de los hipocampos,
una feroz andanada de tritones,
ninfas cantineras y soldados bogavantes?
¿Es este un anuncio de invasión?
¿Me dices que los seres marinos ya no quieren
vernos comer a sus habitantes
y llenar de orines el océano que respiran?

METEOROLOGÍA CLICK ON

La llamada telefónica
anuncia que, dos kilómetros valle arriba, garúa
y contemplo el cielo en anhelo inquisidor
con el sueño goloso de unas sopaipillas pasadas.

Pero el gris amigo de los días
se mueve emborrascado.
Una indigestión de sus humores
abulta vientres colgantes de parto anticipado,
mientras que al Sur se entreabren los ojos azules
de un cielo caprichoso.

Dice la voz del auricular
que cinco mil metros valle abajo,
el corazón de la ciudad quejumbrosa de fríos inconstantes,
tiene sus calles lavadas de intempestiva llovizna.
Miro hacia mis pies
y el suelo se encoge de hombros,
la chusca humedecida de sereno
no muestra huellas de nuevas gotas de suspiro.
Los pájaros no huyen a refugiarse,
más bien esperan que acabe de hablar por teléfono
para que les dé el informe meteorológico.

El cerro esconde las Cruces de Mayo
bajo vientres grises de embarazos no planeados,
hasta alcanzar los árboles en borrasca contenida.
Mis ojos se entrecierran
recordando los aires tibios de la lluvia,
pero las manos entumidas
contradicen mis anhelos de dulce y calentito.

¿Qué les digo a los pájaros?

Al Oeste las trazas azulinas
deslavan en blanco inmaculado el gris obeso de humedad.

Al Este las faldas de henchidas comadronas me amenazan
tocando el suelo con sus enaguas.
Y mis sueños se entumen de frío
en un plato de sopaipillas pasadas por camanchaca.

ABRILES DE NORTE ADENTRO

Por el muro rojizo,
enchuscado de brisas viene el calor de la tarde,
dando tumbos en el suelo
y entibiando por oleadas nuestro abril de sequedades.

La tierra herida del sendero,
aborrece los riegos matutinos que esculpen sus arrugas,
destrozando la tersura de tamices bien logrados.

Los árboles, refugios de sus fieles,
se abandonan al mecerse acompasado de las olas tibias
que en caprichosas andanadas los cargan y descargan del polvo.

No hay mejor escondite que la inmovilidad
para los fugados del sol.
Pero él, sabio en estas lides,
se les cuelga de los párpados hasta quitarles el control.

Las febriles prisas matutinas
pierden consistencia en estas horas
derritiéndose cual velas en manos penitentes.

Hay pocos auxilios que superen a la calma.
La experiencia, más discreta, contempla lontananza
Adivinando brisas que llegarán frescas al amparo de la tarde.

¿INÚTIL?

El poste sin alambres
parece despelucado, desnudo y avergonzado
en su media sombra junto a los chañares.

¿Cuánto habrá costado, comprarlo, traerlo, instalarlo?
Y ahora sin más propósito
lo dejan ahí parado.

No dará flores, por supuesto,
pero ha tomado valor
tal vez por antigüedad.

Se ha vuelto referencial,
ayuda a los que buscan una dirección
y siempre pasan de largo

A lo mejor al eléctrico
que hizo la instalación
le falló el calculómetro.

Y haciéndose el vivo
lo cobró por instalado
o lo tuvo que pagar de su bolsillo, por pavo.

Será una incógnita para siempre
la razón de su emplazamiento,
aunque se ha ganado el lugar que ocupa junto al camino

Ya es parte del paisaje;
es nuestro poste sin sentido.

29

RELATOS

BUS CUATRO

Camina por una casa extraña y sucia. No hay puertas. Los rincones están vacíos. Logra llegar a un baño y cuando levanta la tapa para sentarse, parado a su lado, dentro del estanque hay un niño pequeño que le pide los brazos. Está vestido pero sin zapatos y dentro del estanque rodeando sus pies descalzos solo hay ramas secas, papeles y arañas de rincón que mueven sus inconfundibles cuerpos cafés entre los pies del pequeño.

-¡Aaaagg!-

-Duele, duele mucho, el vientre duele mucho-

La pesadez en el estómago indujo pesadillas que despertaron a Julia del sueño profundo. Los ruidos en las tripas la obligan a levantarse vertiginosamente al baño y mientras se esfuerza por separar su asquerosa realidad de las trazas de sueños que aún giran en la mente. Una idea diluye de golpe su resaca intestinal. Hoy es jueves y a su hermano le tocaba ir de auxiliar en el bus Cuatro, pero son las seis y no vino a buscar las llaves…

-¡Este pelotudo se puso a tomar otra vez y no ha llegado a trabajar!

Los indescriptibles insultos que pueden proferirse entre hermanos se potencian con la educación acartuchada de Julia, mientras furiosa y prolíficamente va alargando el rosario de groserías que dirigidas al aire pretenden llegar a ese confín del mundo donde se encuentre el maldito hermano perdido.

Son cuarenta mil pesos diarios que pagan a cada chofer y otros quince mil a los auxiliares, pero a Roberto su hermana y su cuñado le dan veinticinco para que cuide el bus que están pagando durante tres años. Los García Humire tienen que cuidar la inversión familiar, ellos llegaron de Putre a la Ciudad de la Eterna Quejadera y en cinco años de trabajo lograron comprar un bus viejo con recorrido a Bolivia. Luego con un crédito que compromete hasta sus vísceras lo renovaron por un bus cero kilómetro; el número Cuatro de la flota chilena con permiso para hacer tres viajes a la semana en la ruta Arica-La Paz-Cochabamba.

Julia se viste sin siquiera lavarse los dientes, llama a la oficina del terminal de buses para que otro auxiliar salga a las siete en el viaje de Roberto, pero lo que oye la frena y la altera aún más…

-"Señora Julia, su hermano mandó al "cholo" en el viaje de hoy día y se fue a sacar un cacho al taller"- Responde el secretario de la Línea.

-"¡Gracias!"- masculla Julia, mientras vuelve a la letanía de garabatos contra el hermano.

Su voz amarga la mañana del secretario y le aprieta la garganta. Esa voz dejaba la escoba en cada reunión de dueños de buses del Terminal: La mina jodía que pide explicación por cada peso y reclama por todo.

-¡Estaba seguro que esto tendría cola!-.

Todavía recuerda la reunión cuando los choferes pidieron sueldo fijo y estuvieron discutiendo hasta la una de la mañana. Él llevaba el acta en el computador mientras la doña pedía que le leyera lo anotado y corregía cada párrafo. Luego esperó hasta que todos los dueños hablaron y en una intervención breve, los hizo votar por mantener el pago por vuelta, además de dos reglas nuevas que sugirió: A los auxiliares se les descontará del sueldo el valor del equipaje perdido y respecto de los partes por exceso de pasajeros, los dueños sólo pagan la primera infracción, todo el resto lo pagará cada chofer. Doña Julia, pese a no tener más de treinta años, se hizo fama de mujer que se toma las cosas en serio y a la que no le ganas una.

Mejor hubiera sido que Roberto estuviera "chupando" en algún pub reguetonero o dormido entre dos pechugas de turgente piel caribeña. Hay pocas cosas peores que una mujer enfurecida y Julia ¡es brava!.

La mujer inteligente y de armas tomar; sale a parar un colectivo, lo paga completo y pide que la lleve hasta el sitio del barrio industrial donde está el taller de los buses.

Mientras va odiando a Roberto, sin ver el camino, su mirada se pierde en el Cerro Chuño, que en su distante aridez le recuerda lo que extraña el Taapaca y la fiesta de su matrimonio. No puede olvidar a su madrina de licores, doña Dionisia, que hizo correr los líquidos durante los cuatro días que duró la fiesta. Recuerda como la señora invitó a su mesa a las jóvenes más lindas, luego hizo traer los mejores tragos encima y debajo de la mesa donde los paquetes de cerveza impedían poner los pies. El licor, las cervezas, las caras bonitas y la calentura de los invitados hicieron su trabajo; la doña estuvo toda la noche rodeada de hombres jóvenes y esforzadamente gentiles, peleándose por sentarse junto a ella.

El casamiento de un flacuchento bueno para los fierros y la hija universitaria de una familia de comerciantes: El flaco, como conocen a Hernán, maneja el bus Uno de otro dueño y además es el jefe del taller, mientras que Julia con su título de Ingeniero Comercial se encarga de la contabilidad y los trámites. Casi todos los dueños prefieren tener auxiliares bolivianos porque cobran menos y pueden resolver mejor los "imprevistos" que ocurren pasando la frontera hacia La Paz. Pero Julia y Hernán prefieren al cuñado chico para auxiliar. Ya pasaron por muchos sinsabores con funcionarios coimeros, policías pedigüeños y una larga letanía de envidiosos que "donde ven el bus, ven plata" tratando de sacarle su tajada de lo que imaginan que es una mina de oro. Sólo este cabro les daba la tranquilidad de que el bus Cuatro estaba cuidado y que pese a lo duro de los viajes tres veces a la semana, podría capitalizarse pronto para ver las utilidades de tanto sacrificio.

-¿Cómo no va a pensar este güeón, antes de ponerse a tomar?

El chofer del colectivo la mira espantado. Todo el viaje la espiaba por el retrovisor, tratando de adivinar sus formas bajo ese vestido gris que resaltaba más sus enormes ojos negros y la joven piel morena. Le parecía una "Barbie Morena" que se estaba perdiendo en Arica y que debía estar en esos desfiles de la tele, hasta el garabato que lo sentó de golpe en la realidad de estar junto a una mujer de carne y hueso pero tan femenina que incluso el insulto le salió bonito.

-"Señorita, llegamos", atinó a decir, "son dos mil cuatrocientos"

Julia escarba el monedero que mantiene con el presupuesto diario, separa la medalla de la virgen que cuida y asegura sus ingresos desde que su cuñada se la regaló antes de la boda; entrega el pago exacto y baja dando las gracias, mientras trata de sacar de su cabeza los recuerdos, el niño de las arañas y la fatiga por no desayunar.

Hace acopio del odio que trae en la garganta para comerse vivo a su hermanito y entra al sitio de tierra, medio cubierto por un techo montado en pilares de fierro. Corre a los cuatro perros que enredan sus pies tratando de lamerla en su acostumbrada devoción. Enfila hacia el cuarto del taller que refugia a su marido y al ayudante peruano, que al ritmo de "La Nueva Q" hacen bailar hasta los fierros del vecino. Mira fijamente las planchas metálicas y cuenta los candados que cuelgan de las aldabas: (Su marido diseñó y fabricó este bunker que protege las costosas herramientas) Debe asegurarse que cuidan bien de lo invertido. Cuando acaba su inspección visual repara en que su marido no está y sólo encuentra al segundo ayudante…

-"¡Keko, buenos días!", ¿Dónde está el resto?

-"¡Buenos días, señora! El patrón fue con Porfirio a sacar la revisión técnica del Seis (el morado). De ahí se tenía que pasar a buscar unos repuestos a la Aduana y el Porfirio con el bus aprobado iba a la municipalidad, al Seguro y a llevarle los papeles a usted"

-"¿Y Roberto, no ha venido para acá?-

-"El joven estuvo trabajando toda la noche para sacar el morado, con el Porfirio. Por eso me cambió el turno"-

Julia se muerde los labios, se había pasado de revoluciones hasta la pared de enfrente. Por eso su hermano cambiaba los turnos, había trabajado de corrido otra vez y ella enardecida por nada. Roberto seguía siendo el niño porfiado que le gustaba trabajar solo y amanecía radiante con sus ojeras detrás de los lentes que le regalaron para su cumpleaños.

-"¡No sé cómo lo aguanta el Porfirio, con el genio que tiene mi hermano!"-

-"Gracias, Keko"-; dice y se retira cabizbaja.

Camina avergonzada, acaricia a los perros que crió de cachorros y sale a la calle. Sabe que debe caminar para pasar la rabia. Siente que su cara enrojecida le impide recordar que el Keko se llama Eduardo y los choferes le dicen así porque es "el que cojea". Se había propuesto tratarlo bien, llamarlo por su nombre pero la rabia le impidió decirle Eduardo y la enceguenció de otras tantas embarradas que debió haber dejado en el camino.

Ahora tenía que afrontar las consecuencias de sus arrebatos. Llegó hasta Los Artesanos, tomó el colectivo hacia su casa. Se sentó adelante, no le gusta (y menos ahora) sentarse atrás para que la zarandeen y apretujen todo el trayecto. Bajó en el destino, cruzó al almacén para comprar pan y algo de queso. Pidió unos chocosos al vecino que la conoce desde que llegaron de Putre y el hombre la piropeaba con su acostumbrada "galantería de comerciante"

-Ya me alegró el día, señora Julita, tan linda como siempre. Recién llegó el vecino chico, se compró cuatro hamburguesas, dos energéticas y se fue a descansar porque trabajó toda la noche.

El informe copuchento del almacenero sólo le recordó lo mal que se sentía. Su cabeza fatigada por las horas sin comer, la obligaron a cruzar la calle para ver a Roberto y tratar de disculparse por las maldiciones que profirió contra su sangre.

Tocó a la puerta del "mini-departamento" que le hicieron para que viviera atrás de la casa y salió Roberto, sólo con un short puesto y acalorado como se podía estar en Arica a esa hora bajo el sol de diciembre. Sus ojeras le enrostraban lo injusta que había sido, pero en su ignorancia de la telenovela matutina Roberto sonreía, un poco colorado por el calor. Julia lo abrazo, acarició su cabeza que transpiraba. Le dio la leche y los pasteles que atinó a comprarle y se fue a su casa. Solo quería entrar a ducharse, para llorar a solas por el arrebato de hermana mayor, media madre y madrina del perdido.

Roberto dio las gracias, cerró la puerta y se quitó el short para volver al dormitorio donde lo esperaba Porfirio también desnudo y lleno de amor, montado sobre la cama en la posición que más le gustaba a su Roberto…

TARDE Y NOCHE DE ESCALADA

Caminando por entre las matas verdes que dejó la llovizna del fin de semana, esquivando helechos silvestres y cantos rodados. Luego de un pequeño temblor se entreabre en el suelo un ojo gigante que dormía antes de nuestro paso.

La pupila blanquecina manchada de jade no se fija en los movimientos de otros cuerpos, sólo está perdida en el cielo de nubes olvidadas por el ventarrón que sobrevino a la garúa.

Me inmovilizo por temor a ser descubierto y medallones de escarcha florecen en las vértebras, impidiéndome cualquier atisbo de huida rápida.

El cerebro teme imaginar qué bestia de ingentes proporciones estoy pisando: Ave, insecto, reptil o tal vez la misma tierra despierta de un coma de siglos.

Ha caído la noche y las piernas adormecidas acabaron por tumbarme. En los primeros destellos de un menisco de luna el enorme párpado se cierra, dándole voz a los grillos y luciérnagas.

Decido bajar del cerro a paso lento, empujado por el hambre y frenado por el miedo. Mi conciencia no se sobrepone al estupor del encuentro. Sólo voy pisando con olvidada mansedumbre las piedras del sendero. Tal que fuesen arrugas, escamas o uñas de un milagro.

AMANECIENDO EN CHANTÁPOLIS

5:03 AM en el reloj y en la calle un imberbe ciudadano grita con voz rasposa: "Apúrate; yo no me voy a hacer responsable de tu mediocridad" -luego de azotar la puerta de un auto- "Vamos, no pienso hacerme cargo de esto" Una pareja de voces mayores, encabezadas por una mujer apagan sus gritos con murmullos.

Los rumores vuelven a ser sobrepasados por más gritos destemplados del ilustre mancebo que ahuyentó mi tranquilidad y el buen nombre de la que lo trajo al mundo.

Dos portazos y el encendido de un ronco "bramador" indican que su cabalgadura es un auto japonés pequeño y enchulado para piques cortos - al estilo de las películas "Rápido y Furioso"

Tal como lo presagiara el rugido de su potente máquina, el mutis por el foro del joven hijosdalgo en cuestión fue "chillando goma"

La urbe más septentrional del imperio se despierta a brincos de ciento veinte caballos de potencia.

¡Válgame San Toretto!

Sirenas que pasan cercanas, van extinguiendo la noche y torturando los oídos de mi perro que comienza su propio ulular para dar cuenta de mi sueño y hacerme invocar a la progenitora de los mil demonios.

Otro corto bramido del corcel que asesinó mi descanso y su respectiva frenada en seco con tres portazos de remate, confirman que el joven de la casa de junto ha vuelto al seno de su ilustre hogar. ¡Qué sosiego trae a mi alma el saber que un joven tan bien educado ya no se expone a los peligros de la noche y puede retornar al cobijo de su apacible lecho!, como seguramente yo jamás volveré a hacerlo (al menos en varias horas).

Dios guarde a tan ilustres padres que forjaron con notable esfuerzo la educación de ese joven. Un pilar para nuestra sociedad.

Entre mis lamentaciones compruebo con estupor que es la hora de llevar a mi primogénita hasta el lugar donde trabaja. Estoy condenado a las mazmorras del insomnio.

Ya de regreso en la morada familiar pienso en dormir pero la mirada suplicante del can que guarda los terrenos familiares doblega mi egoísmo y me rindo a pasear con él por los senderos colindantes.

Esto de ser el hijo mayor de un guardia de la ciudadela tiene sus bemoles. Un enconado esfuerzo por ser digno y ninguna herencia que esperar, te vuelven más amigo del cancerbero que te acompaña. El "muy humilde" olfatea cada árbol para optimizar el contenido de su vejiga marcando territorios y justo frente al nuevo condominio de los aspirantes a distinguidos ciudadanos, el buen animal decide vaciar su intestino, que para mí desgracia al parecer se enfrió durante la noche y los esfuerzos por recoger sus fecas en una bolsa acabaron por embadurnarme las manos de "buena suerte".

Es otro maravilloso día en Chantápolis...

"¡...A LOS RIIIICOS HELADOS...!"

La disputa entre mi apremiante necesidad de encontrar "pega" versus el anhelo por trabajar donde me guste lo que hago, se resolvió en favor de lo segundo. Así es que, faltando quince minutos para las cinco de la mañana, pongo los pies en el suelo y llevo mi humanidad directo a la ducha. Un baño rápido, cepillado de dientes y rasurado; son la primera etapa de mi campaña de mejoramiento de imagen personal. Me visto y mientras encuentro los calcetines con dibujos de perrito, que son de la suerte, repaso con mi teléfono sobre la cama el video de YouTube "diez consejos para una entrevista de trabajo".

Anoche decreté que Arteca sería mi nueva pega y voy con toda la decisión de trabajar en la fábrica de helados más importante de Caseríos. Ahí elaboran sólo dos productos: Paletas de lúcuma y el famosísimo helado de ponche en Chirimoya, que me hace delirar desde la primera vez que lo probé.

Toda la gente de Caseríos que va a trabajar a la ciudad de Humedales, conoce la "picá"(sic) de Arteca. La empresa se ubica saliendo hacia la costa y tiene un gran local de venta al costado de la carretera. Dos toldos de malla bicolor, blanco y amarillo, que coronan media docena de mesitas con sus respectivas sillas plásticas, son la parada obligada en un día de calor y yo, voy a trabajar ahí.

Corro hasta la plaza, con una agüita de boldo y dos panes con queso en la "guata". Llevo puesta la camisa blanca, corbata, mis jeans regalones y los zapatos nuevos que compré para la Pascua.

Aguanto el frío hasta las siete de la mañana, cuando pasa el furgón de don Abelardo. El mismo que lleva a los trabajadores de la fábrica, me hizo la movida para la entrevista con la jefa de personal.

Pasamos a recoger más gente y salimos por el puente Viñitas. De ahí en línea recta hacia la costa, vamos pasando frente a parcelas con nombres tan sui generis como:

-"La Volteada", "Casi Caigo", "Tus Memorias", "La Calandria"…

Antes de llegar a la curva del árbol chueco, esquivamos el cadáver de un gatito atropellado, frente al portón de la viña "El Recuerdo" y en treintaicinco minutos estoy afuera de Arteca, esperando que abran las oficinas para mi entrevista. El frío de la hora me tiene paseando más tiritón que testigo de narcotráfico…

-"¡No puedo fumar, no puedo fumar!"- me repito con decisión – "¡No puedes mostrar la hilacha, Vicho! ¡Fuerza!, ¡Fuerza, que todo va a resultar como lo decretaste!"

-"Refrescando su vida desde mil novecientos sesenta y seis" dice el lienzo que atraviesa la carretera a más de cuatro metros de altura. Al costado, el famoso letrero de madera con el palito colgante del clima, hecho en roble americano:

-"Si el palito está reseco, es momento de algo fresco"

-"Si el palito está mojado, para abrigar el cuerpo tómese un helado"

-"Si el palito se mueve, es un temblor, no se asuste, un buen helado calma los nervios"

-"Si el palto no se ve, es de noche, vaya a su casa y mañana vuelve por un ponche en Chirimoya"

Estas cosas ingeniosas me hacen desear más aún ser parte de la empresa. Me pongo a hacer sentadillas para abrigar las piernas, cuando empiezan a llegar los vehículos del personal. Pasan al fondo por un portón eléctrico y en dos minutos se encienden las luces y puedo entrar.

La secretaria me hace pasar, toma mis datos. Luego me entrega un vaso de cartón con café caliente y un pequeño coponcito de helado de chirimoya que se derrite lentamente, entibiando mi ansiedad.

No me siento. El video decía que para distinguirse del resto hay que mostrar autoridad, quedándose de pie.

Cuando estoy a punto de meter el dedo dentro del vaso para chupetear hasta la última gota de esa gloriosa combinación aparece doña Susana, la jefa de personal. Una morena de pelo ensortijado, enfundada en un vaporoso vestido negro corto que deja ver unas piernas perfectas y un sobrio escote que no alcanza para disimular su sensual anatomía. Me invita a su oficina y yo la sigo como si fuera mi dueña. Comienzo a entender por qué ningún trabajador habla mal de esta empresa.

Me pide tres fortalezas y tres debilidades de mi carácter. Menos mal que las repasé anoche cuando preparaba la entrevista.

-"¿cuál es su experiencia en trabajos similares, don Vicente?"

-"¡trabajé en el casino de la minera Cerro Morado, a cargo de platos fríos, señorita!"

-"¡disculpe!" me dice "¡el fin de semana fui a la playa y con el calor se me reventaron los labios, no puedo hablar bien!"

-"¡uno se insola fácilmente con este calor!" respondo sin dudar – "actitud de winner, Vichito, siempre winner"

Me indica que en el caso de ser seleccionado, me avisarán por teléfono y luego, provoca que me ilusione mucho más, señalando los horarios de trabajo, del minibús de traslado para los trabajadores y los dos litros de helado que dan cada fin de semana a sus empleados.

-"Estoy dado para el éxito" pienso, cargado de energía.

Me deja con la secretaria que se encarga de darme un paseo por las instalaciones. A través de un cristal muestra la sala de envasado donde casi la totalidad son mujeres jóvenes con overoles blancos, guantes transparentes y mallas para sujetarse el pelo. Luego la zona de fríos donde se usa ropa térmica y la gran sala de elaboración con enormes estanques metálicos en que baten los preparados. Finalmente, la sala de selección donde cuatro mujeres revisan, clasifican y ponen en bandejas, las frutas que darán sabor a los helados. Por ese mismo sector llegamos a la salida y al despedirse de beso en la mejilla, la secretaria me regala un imán para refrigerador con forma de cono de helado.

-"¡Hasta luego, don Vicente! ¡Le vamos a notificar la decisión de contratarlo o no, entre esta tarde y mañana en la mañana!"

-"¡Adiós y muchas gracias!" respondo, manteniendo la frialdad necesaria para estos casos.

Don Abelardo, el mismo que me trajo, está manejado una camioneta verde lúcuma con el logo de la empresa. Lo saludo y "le tiro la chirola" para que me lleve a la ciudad, ya que ando "sin ni uno" para locomoción.

-"¡Espérame!, ¡voy a pedir permiso para que no me reten y te llevo de pasada!" responde el paleteado conductor, que fue mi suegro en los tiempos de liceo.

Después de un rato sale con cuatro tinajas de "pipeño" en la camioneta y nos vamos a la viña El Recuerdo, donde compran el vino para los ponches de chirimoya.

Ya más relajado y a solas con mi ex suegro, hablamos de su trabajo, la hija que se casó con un ingeniero de La Tranquera y de mis ganas por quedar trabajando en los helados.

Entrando a la pequeña parcela, atino rapidito a ponerme unos guantes de cabritilla que están encima del tablero, para ayudarle a don Abelardo a bajar los toneles vacíos. La hacemos "cortita" y salimos con la guía firmada.

-"¡Oiga, maestro!" lo interrogo "¿estos tipos le producen a la pura fábrica nomás? ¡Porque yo no he visto en ninguna parte la marca El Recuerdo!"

-"¡Sigues habilosito, cabro! ¡te faltó titularte nomás! ¡Claro que a los puros helados, si son consuegros, el dueño de la viña con el de Arteca! ¡Yo te tenía buena cuando pololeabas con la Nolvia porque eres un buen cabro!"

-"¡Pucha, gracias don Abelardo y perdón por las molestias!" respondo con la emoción contenida, ya que no tengo taita y a mi mamá le costó mucho mandarme a estudiar al politécnico de Humedales.

-"¡Oiga, veo mucha gente, parece que están apurados con la producción!" le digo cambiando el tema, para no "dar jugo" con mis cosas delante de un hombre que pudo ser mi segundo padre.

-"¡No se hacen problemas, le tiran un gato muerto en la cuba y se apura la fermentación" me responde con picardía.

Durante el camino a la salida de la parcela nos reímos de buena gana, disipando el aire de telenovela que se había metido en la cabina del vehículo.

Al pasar por el árbol chueco, ya no está el malogrado animalito...

EL REPULGO

Abril da la sensación de ser un mes muy corto. Tal vez por lo eterno que se hace marzo. Reflexiona David mientras barre la acera de su casa, reconociendo a los que pasan a esa hora por la oscura y acostumbrada mañana.

-"¡Buenos días, vecino!" saluda el almacenero mientras se baja del auto para abrir el negocio.

-¡"Buen día!" responde con cortesía, calculando que el almacén se abre a las seis, su primera horneada de pan ya debe estar lista.

Apoya la escoba en la pared para abrir la puerta, cuando de reojo observa un pájaro distinto en la pandereta de los vecinos de enfrente. Algo más grande que una paloma, adoptando una forma extraña en su silueta que no le parece normal.

Gira la llave, recoge pala y escoba para entrar a la casa. Esquiva al perro que ha vuelto a meterse en la improvisada cocina clandestina instalada en la entrada de vehículos. Lo saca rápido hacia el pasillo donde cuelgan la ropa, confiando en que no hará una de sus "gracias".

Regresa a la cocina y sin reparar en los guantes de soldador que ocupa para manejar el horno, toma un par de paños viejos para abrir la puerta y retirar las dos bandejas de pan francés que se han pasado un poco del tostado que les gusta a sus clientes. En su apuro toca con el meñique la segunda bandeja. Grita dejando caer la lata caliente en el piso de baldosas, a la vez que reacciona instantáneamente a recoger los panes con los mismos paños, aguantándose el dolor. Los limpia en su pechera de mezclilla y los sopla, antes de ponerlos en la caja de cartón, cubiertos por un mantel blanco.

Una vez terminada la maniobra, ingresa las latas de hallullas leudadas en el horno que no puede apagar para no perder calor ni gas.

Sólo entonces busca la toalla mojada que aliviará su dolor. Se envuelve la mano y recuerda al extraño pájaro de la calle. Su color no era gris ni negro, tal vez un marengo indefinible.

Golpes en la puerta. Abre con la mano de la toalla para ocultarla.

-"¿Tiene pancito amasado, vecino?"

-"¡No, don Tito, salieron recién las marraquetas!"

-"¡Ya puh, deme dos marraquetas! ¿Y quesito, tiene?"

-"¡Si, señor; queso de Ovalle, a luquita y media el cuarto!"

-"¡Entonces me da dos marraquetas completas y un cuarto de queso! ¿Está fresco el queso?"

-"¡No me ofenda, don Tito, yo sólo traigo queso de cabra soltera! ¡Son dos lucas!"

Recibe el pago con una sonrisa automática. Cierra el trato y también la puerta.

Tiempo justo para mojar la toalla en el chorro del agua, estrujarla y echar un par de garabatos mientras se envuelve otra vez la mano. La forma del pájaro de la calle es lo que no le cuaja; parecía estar agachado y dando vuelta la cabeza por el costado del cuerpo.

-"¡La hora se pasa volando! ¡Me quedan cuatro bandejas de amasado y terminar las empanadas, todavía!"-

Faltan veinte minutos para las siete y David transpira como si lo hubiese pillado impuestos internos. Destapa la sartén con el pino para las empanadas que no alcanzó a preparar la noche anterior, por quedarse viendo el partido con su compadre Freddy y tomando cervezas hasta la una. Recién a las cinco y media, mientras leudaba el pan, apresuradamente armó el pino con hojas de malva rosa bien picadas para que no les caigan mal a los clientes.

-"¡No se van a morir por un par de flatos, las viejas fruncidas!"

Sentencia, desafiante, mientras revuelve con una cuchara de palo el relleno que no acaba de enfriarse.

-"¡Con el dedo chico adolorido, el repulgo^2 de las empanadas me va a quedar más feo que jubilación de afp!" declara David.

Y mientras reniega, su mente se ilumina con la imagen del jardín que tiene, según lo...

[2] REPULGO, según la RAE: Borde labrado que se hace a las empanadas o pasteles alrededor de la masa. Recelo e inquietud de conciencia que siente alguien sobre la bondad o necesidad de algún acto suyo)

http://lema.rae.es/drae2001/srv/search?id=qWNIrpDJ2DXX2g9jnmLU

-"¡El aloe vera, ahí 'ta la madre del cordero"!

Corta la hoja más vieja de la planta y con su cuchillo de oficio la va pelando y aplicando la pulpa sobre el dedo quemado. El alivio es casi mágico. Deja de arder y mientras sumerge el dedo en la babosa consistencia del vegetal, su mente regresa al momento en que barría la vereda.

-"¡El pájaro me miraba, estoy seguro! ¡Estaba de espaldas y daba vuelta la cabeza para mirarme, para mirar hacia la casa!"

El pensamiento no lo reconforta. Contrario al alivio que siente su dedo, una sospecha se le clava más profundo que la quemada.

-"¡Era el tue-tue!" Grita espantado.

-"¡Martes hoy, martes mañana; martes toda la semana!"

Susurra la letanía, lleno de pavor, a modo de plegaria. La última vez que vio eso fue de niño, cuando un enorme pájaro negro se paraba en las noches sobre el techo de la casa de su madrina y mientras lo corrían a piedrazos, el ave se reía con carcajadas de humano.

-"¡No tenía que haber sacado la honda! ¡Por hacerle caso a mi madrina, ahora me andan buscando los brujos!"

-"¡Martes hoy, martes mañana; martes toda la semana!" Repite, transpirando, como fuese él a quien metieron dentro del horno.

Hace acopio de todo su valor, entre la resaca de las cervezas y el miedo, para cortar una lámina gelatinosa de aloe vera que cubra el dedo quemado. Luego lo envuelve con una gasa y se dispone a armar las empanadas.

La maniobra exige trabajar más lento. Poner el relleno, mojar los bordes, cerrar la masa y hacer el repulgo; todo con la mano derecha.

David se concentra, poniendo todo el empeño en dejar bonitas las empanadas para no perder a sus clientes.

Piensa en su competencia. ¿Quién de ellos recurriría a un brujo para sacarlo del negocio? A casi todos los conocía y la mayoría trabajan a la mala, igual que él. Ninguno podía echarle un mal, excepto el del almacén. El mismo viejo que lo saludó en la mañana.

-"¡Seguro que lo manda la señora del panadero que es sobrina de su mujer! ¡Viejo calzonudo!"

Casi termina la primera bandeja con empanadas cuando sus hijos salen a esperar el micro para irse al colegio. David no puede dejar que les pase algo a ellos. Sale antes a la puerta, mirando de reojo a la ruda y el rudón que custodian ambos lados de la entrada.

Mira con recelo hacia donde vio al pájaro más temprano, éste sigue allí, mirándolo. Es horrible. Tiene ojos humanos. Cierra la puerta para que los niños no vean esa monstruosidad y no les afecte su brujería. Pero es tarde. Nicolás ha pasado por su espalda cuando se dio vuelta y mirando al ser diabólico grita desde la puerta.

-"¡Mi gatito, volvió mi gatito!"

David se acobarda y envalentona al mismo tiempo. Se pone los lentes que guarda en la pechera para distinguir sobre la pandereta de enfrente a la mascota de sus hijos.

-"¡El panchiiiiiito saaveeeeedra! Grita Nicolás mientras deja pasar un auto para cruzar la calle.

El gato blanco de su hijo menor, bautizado con ese nombre por perderse cada mes y medio en viajes a lo desconocido, había vuelvo todo sucio y revolcado por los avatares del amor. Flaco y hambriento, apenas podía sostenerse parado en el cierre de los vecinos y sólo alcanzaba a mover la cabeza mirando hacia su casa, asemejando un pájaro desplumado.

SIESTA EN COLACIÓN

Gloriosas tres de la tarde. La brisa comienza a diluir las gotas de calor que se han esparcido por cada uno de los rincones. Después de un decidido golpe en la puerta de la oficina, despierto sobresaltado, acopiando cada gramo de hipocresía para convencer al que sea que sólo cerré los ojos un momento.

El placer del descanso es indescriptible después de la hora de colación.

Mientras entreabría los párpados, el sensual aroma de un perfume femenino penetró mis narices inundándolo todo de un dulzor gustoso.

Los enormes ojos verdes de Tabita justificaban cualquier interrupción al sueño cotidiano que me autoregalaba luego de almorzar.

-"¡Hola, rubia!, ¿Qué pasó?"

-"¡Estaba roncando, don Sergio!"

-"¡No me di cuenta, me quedé traspuesto! ¡Es que anoche me llevé trabajo para la casa!"

-"¡Si lo escuché hasta el pasillo!" ¡Ronca igual que mi papá!"

-"¡Tan linda que es la secretaria de mi jefe y tan rápido que me baja los humos!" pienso.

Me encanta desde que llegué a la sección. Es separada, tiene treinta años y una figura hecha a mano. He tratado un par de veces, infructuosamente, de invitarla a salir pero se escabulle antes de que llegue a preguntarle siquiera.

-"¡Disculpe, Tabita!"- me sincero, jugando todas las fichas a ganador.-"¡No quise ser ordinario!"

-"¡Ronca como todo un hombre, don Sergio!"

Desde afuera escucho risotadas de los colegas que deben estar con la oreja pegada a la puerta, pero no me desanimo. La secretaria me gusta y no voy a echarme para atrás ahora que parece estar dispuesta a conversar en confianza.

-"¡De igual forma no corresponde este abuso de confianza! ¡Usted es una señorita!"

-"¡Soy una señora, don Sergio, estoy separada y no me asusta un hombre dormido!"

Se oyen aplausos desde el pasillo.

-"¡Ya estamos con declaraciones personales! ¡Esto se pone bueno! ¡Me voy a tirar al agua y que se mueran los envidiosos! ¡Va a ser todo o nada!"- reflexiono.

-"¡Sólo quiero que sepa que no temo reconocer mis faltas!"

-"¿Cuáles faltas, don Sergio?"- me pregunta desafiante, con una sonrisa de picardía y complicidad.

-"¡Ya entiendo! ¡A esta mujer hay que ganársela con pachorra! ¡Nada de medias tintas!"- me digo.

-"¡Bueno, yo siempre duermo media hora después de colación!"

-"¡Pero esas son cosas de niños, don Sergio! ¿No le da vergüenza?"

-¡Total! ¡Para lo que pagan!" le suelto sin tapujos.

Llegan murmullos desde el pasillo.

"¡Seguro que estos chupamedias no se lo esperaban! ¡Debo hablar más despacio, para que no vayan con el cuento!"

-"¡Tabita! ¿Puedo tutearla?" pregunto canchero.

-"¡A estas alturas! Responde encogiéndose de hombros"

-"Tabita, yo soy un hombre que defiende su sustento! ¿Se acuerda cuando contrataron al sobrino del Jefe de Personal, que estaba estudiando y le pagaban con boletas de fotocopias? ¡Yo mandé las pruebas a la Gerencia! ¡Por eso tuvieron que echarlo!"-

La secretaria se acerca más a mí, esbozando una sonrisa de satisfacción. Eso es lo que busca Tabita, un hombre con determinación y no un tonto callado que apenas saca la voz para decir buenas tardes.

-"¿Está seguro que fue usted don Sergio González, el que mandó el anónimo al Gerente?" pregunta como para asegurarse.

-"¡Por supuesto! ¡Yo fui!" respondo seguro de mi jugada.

-"¡Eso quería escuchar! ¡Usted es muy choro!" dice sonriendo la secretaria y sale sin dejarme que le diga más nada.

Detrás de ella entra mi Jefe con un papel en la mano.

-"¡Firme su finiquito y liquidación, González! ¡Ya mi secretaria tiene grabada su confesión! ¡Todos lo escucharon allá afuera! ¡Aquí no necesitamos gente que muerda la mano al que le da de comer! ¡Se va sin un peso, por faltar a la debida confianza!..."

DESDE LA ENTRADA

Cuando el sol comienza a entibiar los maizales, don Artemio ya está sobre el tractor repartiendo sustrato. Un producto elaborado dos mil quinientos kilómetros al sur, fermentando desechos vegetales, para enriquecer sus propiedades y convertirlo en abono de alta calidad para cultivos.

El hombre no entiende mucho de química pero le parece mejor, el sustrato aplicado en finas trazas desde el coloso, que el antiguo guano (estiércol de animal) esparcido a pala en los sembrados.

El calor, sin piedad, clama por sus víctimas, alimentando hojas y resquebrajando pieles. Avanza a ras de suelo enterrando el frío de la noche hacia el refugio subterráneo del mediodía.

En la camioneta viene Carlos, hombre de confianza para el volante, esta vez trayendo el tambor de petróleo para alimentar las barrigas insaciables de los tractores. Desde hace unos días las señoras le llaman "el portazo", no porque se haya golpeado con una, sino porque el fin de semana lo pillaron dentro de un ropero y al no lograr salir con presteza del atolladero, resultó golpeado hasta con la puerta del histórico refugio. Las marcas en su mejilla y frente, acusan "indesmentiblemente" que no fue un solo objeto el que le cobró la honra, por sus excedidas simpatías.

Enfundaba la vergüenza tras un gorro con orejeras, pero la escusa sostenida de que fue un portazo y el centenar de tallas que le contestaron, dieron paso al desparpajo de llevar la cara y la mentira descubiertas.

-"¡Vamos a poner las churrascas, Julita!, ¡ya está bueno el carbón!" indica Elcira, dando el último sorbo del primer mate de la mañana. Una chupada infinita desempolva las añoranzas, de difuntos sin flores, amores idos y niños que buscando escapar de casa, salieron a conocer el mundo.

-"¡Ya vooooy!" suspira lento Julia, con las manos enharinadas, llenándose de estrellas la mirada que se pierde tras los árboles.

El tractor ha vuelto con su ronroneo relojero para sacarla del ensimismamiento y cargar más sustrato para las hileras de brotes tiernos.

Artemio chancea con el Tavo, en su comprobación empírica del combustible restante para la grúa de los sacos. Destornilla y pone al hombro el bidón de gas licuado, dando alardes de su fuerza, aparenta medio mono y medio atlas, entre saltos de cirquero con las manos en jarra.

Ya se va don Artemito, con "el gorria'o" y el "niño del cumpleaños" (los ayudantes del primero). Clasificaciones honrosas de las dueñas de la historia, que sentadas a la sombra de un espino centenario, siguen escribiendo el mundo entre mates y churrascas.

-"¡Allá viene el futbolista, en la máquina zancudo!" acierta la Julita, sin reconocer que le afectan las cataratas y sólo por el ruido y las siluetas borrosas va descubriendo a los actores de la farsa mañanera. El veinteañero patas chuecas, conductor de la fumigadora, llega todos los días en short y zapatillas, tratándolas de tías, dice buenos días y se marcha.

Delante de una nube de chusca, viene la camioneta blanca con el joven Administrador, siempre serio y amargado. Les hace señas desde el vehículo y sigue en la polvareda.

-"¡Otra vez la señorita viene con el pelo mojado, igual que el jovencito!" dice burlona doña Elcira.

-"¡Y después no quiere que hablen mal!" responde Julita, dando vuelta con la mano las churrascas ya tostadas.

-"¡Trae la mantequilla, niña y un pedacito de charqui!" ¡Falta mucho pa'l almuerzo"!

Julia avanza a paso lento hacia la casa con techo de paja, para buscar lo que falta. Plato con mantequilla, martillo, cebolla y charqui. Deja a cargo del brasero a su prima que ha avanzado la segunda cebada de un mate bien conversado.

-"¡En la bicicleta amarilla viene el gordito colorado!"- avisa Elcira, mientras sopla con un cartón de caja de zapatos el carbón recién colocado sobre los cenicientos que se extinguen.

A Julia la artrosis le coarta las pisadas, igual que a su prima, las prisas le están vedadas. Sólo alcanza a levantar su mano morena para saludar al niño cariñoso que siempre trae flores.

-"¿Cómo está el niño, Elcira?"

-"¡Está bieeen!, ¡Se ve contento! ¡Y anda todo apurado! ¡Hoy trajo girasoles! ¡Dos, para que no peleemos!" responde Julia, secándose con la punta del pañuelo las lágrimas que le saltan.

Germán, el gordo de la bicicleta, se protege de la insolación con un gorro de algodón, amarrado con cordones por debajo de la pera. Es el menor de los bisnietos de las doñas que lo esperan bajo el espino.

Por entre dos casas quemadas, se entra al fundo La Tiznada. Las animitas de la entrada, Julia y Elcira Montenegro, reciben a todos los que pasan, en el silencio cómplice de los años que llevan acompañándose las primas hermanas.

MACABROS PENSAMIENTOS

Un buen día me morí. Dejé de respirar por alivio de aburrimiento y "paré las chalas" como cualquier otro viviente.

Lo curioso fue que en vez de venirme a buscar la muerte, toda seria y encapuchada, apareció una señorita en moto enfundada en ropa de cuero negro.

Mi vida no había sido muy emocionante ni arriesgada que digamos. Por ello intuí que esta era una forma de enrostrarme un "mira lo que te perdiste", por esto de caminar temeroso entre sustos y recelos.

Por las formas de su ropa supe que la conductora era mujer, ya que el casco polarizado no dejaba ver su rostro.

En cuanto me subió al vehículo fue muy clara:

-"¡Se agarra de las manillas que están al costado del asiento!"

En eso no fue diferente a las mujeres de mi vida, siempre manteniéndome a raya hasta por sospecha de que cumpliera sus pensamientos. ¿Por qué siempre me tocan féminas con malas experiencias anteriores?

Cuando empecé a preguntar tonteras, medianamente inteligentes, paró la moto en medio de un bosque de árboles secos y explicó:

-"¡Soy la prima de Caronte y en estos tiempos que no hay pega, trabajamos todos con la muerte! ¡Así que esto se ha convertido en nuestro negocio familiar!"

Por alguna razón que desconozco, ¿Mi cara de muerto-tonto o mi cara de tonto-leso que se pasó media vida "en olor de santidad"? Sin decir agua va, la conductora se quitó el casco y se enfrascó conmigo en un besuqueo de adolescentes que acabamos entreverados, detrás de los arbustos secos.

Hasta en mi despedida de viviente, las mujeres toman la iniciativa.

Me voy de este mundo con los labios ardientes y una sonrisa estúpida, estampada en la cara.

Sin nada de que quejarme, porque sería excesivo arrogarle al destino mis propias decisiones. Gracias a la prima de Caronte, me voy feliz y cumplido, con mis porqués y mis "tal veces" volcados en los libros. Ya no voy a "hinchar" a nadie. Dejaré descansar al destino ya que me hizo reaccionar de un golpe con el despertar de este domingo.

-"¡Oiga, señorita!"- Pregunté con actitud de inventor de la pólvora —"¿Por qué, para aumentar los ingresos familiares, no ofrecen el servicio de despertador en las mañanas?"

-"¡No seas tonto! ¡No se puede! ¡A menos que quieras que te despierten de un infarto!"

ACERCA DEL AUTOR

Pedro Lagunas Díaz, nació en Ovalle hace más de medio siglo, estudió en la Ex Escuela Parroquial y en el Liceo Politécnico, donde le recomendaban cambiarse a un liceo humanista que iba más con su vocación, pero la porfía congénita pudo más.

Se traslada a Arica para estudiar Pedagogía en Castellano en la Universidad de Tarapacá, donde sus escritos aparecen en una breve antología TEIS publicada por la Federación de Estudiantes FEUT.

En los noventa, el destacado escritor Luis Araya Novoa, lo incluye en su Antología de poetas jóvenes "Espejismos" bajo el alero del Taller Literario Altamarea.

En el año dos mil, se inicia en las crónicas de lo cotidiano en el semanario "7 de Junio"

Desde el dos mil dos, vuelca sus escritos en el blog El Goma Ilustrado, destinado a congéneres, amigos, compañeros de trabajo y algún otro inútil con inquietudes literarias.

A inicios de dos mil dieciocho, se integra al Taller Literario Rapsodas Fundacionales, bajo cuyo alero publica el presente libro.

En dos mi diecinueve, obtiene el primer lugar regional en poesía del Concurso Historias de Mi Tierra, patrocinado por la Fundación de Comunicaciones, Capacitaciones y Culturas del Agro (FUCOA) dependiente del Ministerio de Agricultura, con "Abriles de Norte Adentro".